RIEN!

RIEN, RIEN!

OU

L'ENTIER DU TIERS

PRÉSIDENT DE LA RÉPUBLIQUE.... SANS RÉPUBLICAINS

PAR EUGÈNE O'DDOUL

PRIX 50 CENTIMES.

FRANCE ET BELGIQUE

CHEZ TOUS LES LIBRAIRES

—

1872

RIEN!

RIEN, RIEN!

OU

L'ENTIER DU TIERS

PRÉSIDENT DE LA RÉPUBLIQUE.... SANS RÉPUBLICAINS

PAR EUGÈNE O'DDOUL.

PRIX 50 CENTIMES.

FRANCE ET BELGIQUE

CHEZ TOUS LES LIBRAIRES

1872

Il est des livres qui, comme certains hommes, ont le privilége de ne pas vieillir. Ainsi, M. Thiers n'a pas varié d'un iota depuis 1830 ; il est absolument le même homme, ce qui fait honneur à la persistance de ses idées rétrogrades, et le livre de M. O'ddoul, qui est introuvable aujourd'hui, semble avoir gardé la même jeunesse. On le dirait écrit d'hier.

Qui aurait cru pourtant que par une mystification politique et une insolente dérision du sort, par une atrophie nationale, par une antiphrase française et une antinomie allemande, l'ennemi intime, invétéré et acharné de la république, depuis 1830 et 1848, depuis sa naissance jusqu'à sa cacochymie, M. Thiers, deviendrait le président d'une République française, et qu'il se servirait de cette sublime forme politique pour occire Paris, pontonner tous les républicains et déporter toutes les libertés. Ce n'est pas croyable, et c'est arrivé... avec la connivence de la Prusse et aux applaudissements de la droite et de la gauche versaillaise dite *républicaine*.

Rien ! Rien ! Rien ! ou *l'entier* du *Tiers* est la satire la plus amusante, la plus spirituelle et la plus mordante qui ait jamais été faite des assemblées royalistes et des prétendants comme les d'Orléans et le Chambord venant quémander des dotations et des couronnes à la patrie mutilée et épuisée.

De la première page à la dernière, ce n'est qu'un long éclat de rire, mais un rire intelligent et lumineux comme celui de Voltaire, un rire qui éclaire les abîmes, les traquenards, les fondrières politiques et vous empêche d'y tomber. — *Casse-cou !*

M. O'ddoul nous fait assister au duel à la Scapin des partis monarchiques. Rien de plus plaisant que la peinture de M. Thiers à la tribune se perdant au milieu des sophismes de sa rhétorique et de son économie politique, noyant ses auditeurs au milieu d'un flux de paroles, caressant et malmenant tour à tour la majorité et la gauche qui le bénissent et le maudissent à leurs heures, posant sans cesse la question de cabinet, faisant de fausses sorties de théâtre à la manière de ces personnages de comédie qui rentrent toujours très-calmes après une sortie furibonde pour chercher un mouchoir ou un journal qu'ils ont oublié.

Le portrait des royalistes et réactionnaires de toute farine, quoique irrévérencieusement emprunté au règne animal, est superbe. Beaucoup d'illustres s'y reconnaîtront.

Sous une forme légère, l'auteur de l'*Entier du Tiers* plonge le scalpel jusque dans les entrailles de la société et les met à nu. Tous les évangiles atroces des cochons à l'engrais du privilége, tous les égoïsmes des satisfaits et des repus, toutes les roueries des politiciens de l'école de Machiavel, en vogue aujourd'hui dans l'Europe de Bismarck, sont traduits, exposés, démasqués, par M. O'ddoul.

« La science de l'homme d'État, dit le vainqueur de Paris, se compose de deux mots : *Fusiller d'abord, ensuite déporter et fusiller.* »

Quant au gouvernement, il est bien simple :

« Avoir des soldats pour asservir la patrie et des représentants pour la vendre.

» Plus de garde nationale. Bas les armes aux manants ! . »

L'économie politique de la réaction est encore plus simple :

« Il y a deux races sur la terre, l'élue et la condamnée, les mangeurs et les mangés, les *carnassiers sociaux* et le gibier populaire. Les esclaves n'ont qu'un droit, travailler pour les riches et rester muets au fond de leur ergastule. Au moindre signe de mécontement, fusillés, transportés à perpétuité, pontonnés ! Le travail tire les marrons du feu, les privilégiés les croquent. C'est l'ordre éternel. Quant à l'assiette de l'impôt, elle est équitable. En réalité, les riches payent plus d'impôts que les pauvres, puisqu'ils consomment plus ! »

Mais en faisant des citations prises au hasard, nous déflorons ce pamphlet qui marie la bouffonnerie profonde de Rabelais au bon sens de Paul-Louis. Le lecteur rira et commentera lui-même !

La thèse de cet ouvrage consiste à faire la critique du système historique, politique et économique de M. Thiers, en reproduisant les passages saillants de ses livres ou de ses discours. C'est M. Thiers qui expose lui-même ses théories politiques et économiques dans des séances imaginaires, dites *extraordinaires*, de l'Assemblée législative et la critique de ses théories se fait tantôt par des interlocuteurs qui soulignent les intentions de l'orateur, tantôt par l'orateur lui-même à qui M. O'ddoul prête des exagérations et des familiarités plaisantes ; mélange de sérieux et de burlesque, rappelant la manière rabelaisienne.

Nous ne changeons pas un mot au pamphlet de *Rien ! rien ! rien !* titre indiquant clairement l'intention de son auteur de mettre au pilori les doctrines de néant de l'illustre auteur du *Consulat et de l'Empire*. Pour n'être taxé d'aucune partialité, nous nous bornons à extraire du travail de M. O'ddoul ce qui nous paraît intéressant.

Charles Rollin.

RIEN, RIEN, RIEN.

---

*(M. Dupin aîné ouvre la séance législative et donne
la parole à M. Thiers.)*

LE PRÉSIDENT.

L'ordre du jour appelle le rapport de l'Assistance et de la Prévoyance publiques.

*(Une tête et une main apparaissent au-dessus du velours
de la tribune.)*

M. THIERS.

C'est moi!... Me voici encore une fois à cette tribune si souvent témoin de mes triomphes. Qu'est-ce que l'homme d'État? Voici son portrait : ce n'est pas parce je suis son ami, mais qui peut, comme lui, se vanter d'avoir les yeux derrière la tête et le talon du côté des genoux? Telle est précisément sa manière de voir et de marcher. Rien, rien, rien ! Étendre, multiplier, développer le rien, voilà sa théorie du progrès. Quand il a bien dîné, il veut que tout le monde soit soûl dans sa maison. Ni la mort, ni la vie, ni les principautés, ni les puissances, ni le présent, ni l'avenir, ni les hauteurs ni les profondeurs, ni aucune chose créée ou à créer ne pourra augmenter, diminuer ou modifier en aucune façon son immuable système social qui se compose de deux mots : *fusillare* d'abord, ensuite *deportare* ou *refusillare*.

UNE VOIX.

Mais ce sont les Diafoirus d'État que vous décrivez.

M. THIERS.

Eh bien ! niez-vous que la société soit malade ? J'en sais plus dans mon petit doigt que toutes les sociétés du monde, depuis le pâturon jusqu'aux oreilles. Je suis l'Encyclopédie faite homme. Capacité oblige, je le sais, messieurs. Je saisis la balle au bond pour vous réciter, par ampliation, mon livre de la *Propriété* qui continue à dormir sur plat chez l'éditeur. On ne veut plus de moi, même au rabais !... Sapristi ! avoir vingt sous dans sa poche, et laisser moisir chez le marchand un livre que j'ai porté trois ans dans ma tête... Oui, j'ai porté trois ans cette fois-là. O ingratitude, ô indifférence des contemporains ! Que faut-il donc, mille bombes, pour stimuler leur zèle, ô doux Jésus !... Ceux qui ne l'ont pas lu auront du moins l'avantage de m'entendre.

M. DUPIN (*entre ses dents*).

Quel Busiris !

M. THIERS.

En effet, messieurs, les questions de misère, de chômage, d'oppression, sont riches en développements scabreux : un état social, où tout est d'un côté, moins la justice — r'en de l'autre, excepté le droit — abonde en aspects irritants ; il est surtout d'une justification laborieuse, je dirais impossible, si je ne savais qu'ici et parmi tous ces bons bourgeois qui sont nos dupes, l'arrogance tient lieu de grandeur, l'inhumanité de fermeté, et la fourberie d'esprit.

Maintenant, nous voguons de conserve sur le même radeau, pas le radeau de Niémen. Notre radeau est celui qui fait pendant au radeau de la *Méduse*. C'est nous qui sommes les hommes *un peu âgés* qui tâtons le cœur refroidi de la monarchie. Nous sommes les mûrs de Géricault. Quel accord enchanteur ! quelle famille ! Nous allons nous manger incessamment... Esprit de conciliation.

Le programme, messieurs, porte l'empreinte d'une incontestable majesté. Ce n'est pas nous qui l'avons mis en avant. Aux termes de ce programme, nous aurions à rechercher quels sont, dans une société chrétienne et civilisée, les moyens vrais, sérieux, durables et non chimériques de venir au secours des classes pauvres, de leur faciliter le travail, de réaliser enfin cette fraternité si souvent annoncée par les hommes de bon vouloir, et qui ne sera jamais pratiquée tant que nous serons au gouvernement.

Cette tâche est singulièrement grande si on voulait la remplir.

VOIX DE LA DROITE.

Non, non, nous ne vous demandons pas des miracles. Fondez un veau !

M. THIERS.

Un veau, à la bonne heure. Un chaudronnier peut suffire à l'œuvre. Apportez-moi vos égoïsmes, vos préjugés, vos ignorances, vos aveuglements, vos vices, vos peurs, vos colères, vos crimes, vos imbécillités, je les jetterai en fonte, et vous adorerez votre dieu.

TOUTE LA DROITE (*se précipitant.*)

Prenez, prenez. En voici, en voilà... et encore...

M. THIERS.

Oh! pas tant... En voilà déjà pour un bœuf. Assez, assez, je n'userai jamais tout! Au fait, le veau sera plus tôt fait. Un peu de feu sous le creuset, et la matière va couler comme une fontaine. Fondons le veau.

FONTE DU VEAU.

M. THIERS.

Jamais protocoles de longueur satisfaisante n'ont pu nuire à la fonte d'un veau. Je ne prétends pas m'écarter de l'usage reçu, ni réserver pour une autre exposition mes produits philosophiques.

En général et en particulier, messieurs, le tout est de s'entendre, et par conséquent de savoir ce que parler veut dire. Sachez donc qu'un chat n'est plus un chat, et qu'un jésuite n'est plus un fripon. Nous avons changé tout cela, et notre école a introduit un langage nouveau, un langage quasi honnête pour couvrir des pensées tout à fait honteuses.

Par exemple, assassiner la République romaine, cela s'appelle protéger la liberté du peuple romain.

Soudoyer l'injure, la calomnie, la menace; ordonner l'inquisition et la délation, placer tous les fonctionnaires sous le coup de la terreur blanche, cela s'appelle faire usage de toutes les influences sociales; voilà du ragoût de sacristie.

Détruire l'instruction, lisez consolider. Confisquer, monopoliser l'enseignement, révoquer les instituteurs, c'est établir la liberté de l'enseignement.

Organiser l'ignorance, c'est répandre les saines doctrines; poser l'éteignoir sur l'intelligence d'un peuple et commettre ainsi le plus grand des crimes sociaux, c'est sauver la société.

Enfin, par le même renversement interprétatif, le mot *assistance* veut dire : *Passez, on ne peut rien vous faire;* et si je vous présente mon rapport lui-même au nom de la commission de l'assistance, c'est parce qu'il n'a pas pour objet la loi sur l'assistance.

Avec cette clef préliminaire du langage, il est très-facile de s'entendre. Cependant, elle servirait fort peu, si l'on n'y ajoutait encore autre chose. On risquerait fort de ne pas s'entendre du tout, si l'on n'avait pas soin de poser quelques principes généraux, et de les poser solidement.

PRINCIPES GÉNÉRAUX POSÉS SOLIDEMENT.

Je dis solidement, parce que j'emploie pour cela 24 grandes colonnes du *Siècle*, colonnes lourdes et massives, comme chacun sait, surtout les petites. Quand il m'en tombe une sur la tête, je m'en aperçois. Reprenons :

PRINCIPE GÉNÉRAL.

La plus infaillible des justices est celle du résultat.

M. THIERS.

Le résultat est une juste récompense ou une juste punition. Le résultat ne se trompe jamais. Quiconque a pendu les autres avait raison ; quiconque a été pendu avait tort. Tout riche est évidemment récompensé, partant vertueux ; tout pauvre puni, canaille. C'est sec, mais c'est vrai et indestructible.

CorollAIRE.

Les honnêtes gens sont ceux qui ont des ressources acquises ou transmises.

Cicéron le dit positivement : Les honnêtes gens ne font pas partie du peuple.

Enfin, à quoi reconnaît-on, s'il vous plaît, les honnêtes gens, si ce n'est qu'ils ont beaucoup d'argent, qu'ils sont ventrus à l'antique et témoignages vivants de bonne cuisine? Preuve qu'ils sont récompensés, preuve qu'ils sont vertueux. J'ai de forts doutes sur l'homme pauvre, sur l'homme maigre et de mince écuelle ; ou plutôt, je n'ai pas le moindre doute ; il est jugé et puni par le résultat ; c'est un gredin. Le résultat ne transige pas. Il est le seul flambeau de la vérité.

Principe général, n° 9.

La société a peu laissé à créer, car lorsque depuis des siècles on pense à un objet, on laisse peu de nouveautés à ceux qui viennent après soi.

M. THIERS.

Je vous toucherai deux mots là-dessus. Le dernier de tous les brevets d'invention a été délivré hier. Il est défendu à la postérité d'inventer quoi que ce soit. Tant pis pour elle. Je suis très-peu novateur ; je n'ai pas le goût des innovations ; j'ai une aversion prononcée pour les innovations en matière sociale (1). Si j'étais né Huron ou

---

(1) *Du Crédit foncier.*

Caraïbe, Peau-Rouge ou Hottentot, je saurais bien empêcher ma nation de se civiliser. Recevez mon aveu bien dépourvu d'artifice. Je me reprocherai de ne pas vous faire voir ma théorie de la propriété, quintessenciée de main d'abstracteur, concentrée, condensée, cristallisée en une courte formule qui est le *Koo-ny-hor* ou *Montagne de lumière*, que j'offre à la France. Rien que pour l'avoir vu, si vous saviez en sentir le prix, vous pourriez dire : Ma fortune intellectuelle est faite.

MONTAGNE DE LUMIÈRE.

TABLE DU DIAMANT.

Le travail est le vrai fondement du droit de propriété. (*Bravos universels !*)

M. THIERS.

Ce principe, messieurs, n'était pas connu d'Aristote, qui trouve l'origine de la propriété dans l'amour de soi.

Vous croyez peut-être que je vais m'arrêter là : du tout, je continue.

FACETTES DU DIAMANT.

Il y a un autre fondement du droit de propriété; c'est la fraude et la violence; fondement non vrai, mais qu'importe! Au bout d'un certain temps ce qui est, par cela seul qu'il est, est déclaré légitime et tenu pour bon. Au bout d'un certain temps, le fruit du vol et du plus affreux brigandage devient une possession légitime, respectable, sacrée (1).

La propriété acquise par le plus affreux brigandage

______
(1) *De la propriété*, par M. Thiers.

devient légitime par la transmission. La propriété, eût-elle pour origine le plus affreux brigandage, n'en est pas moins épurée et légitimée par la transmission quelle qu'elle soit (1).

On ne remonte pas aux conditions; on n'en est pas responsable. On suppose toujours qu'elles ont été honnêtes.

Messieurs, je vous ai dit mes principes; vous n'en saisissez pas bien la sublimité, l'enchaînement et la concordance, c'est possible; je ne m'en inquiète pas.

Ainsi, une fois, deux fois, trois fois, c'est bien entendu; ce qui nous convient, c'est :

La religion... de nos intérêts.

La famille... des Bourbons.

La propriété... de tous les emplois, honneurs, priviléges et profits.

L'ordre... des jésuites. — Personne ne dit mot? Adjugé!

Moi, j'ai mon coup d'œil d'aigle et mon sang-froid d'homme d'État.

Il s'agit bien de l'assistance en vérité! Le moment est bien choisi pour songer aux autres! Songeons à nous, d'abord! Songeons à reconstituer la société sur les bases immuables du passé! Songeons à ravauder la souquenille royale, à radouber la vieille coque monarchique, à nous cantonner dans nos blockhaus fulminants, à tenir les Jacques à distance avec la mitraille! Voilà ce qui doit nous occuper! Voilà ce qu'il faut faire! Et nous le ferons! Il ne nous manque plus pour cela que d'avoir en une seule pièce l'étoffe de Sylla et de César, de Charlemagne,

______

(1) THIERS, *De la propriété*, page 98.

de Grégoire VII et de Napoléon ; il ne nous manque plus que d'avoir conquis le monde, de supprimer le peuple et l'intelligence humaine.

M. LÉO DE LABORDE.

Ce n'est rien ; on peut commencer.

LE MINISTRE DE LA GUERRE.

Nous sommes prêts.

M. THIERS.

C'est bravement crié !

Pas trop de zèle, s'il vous plaît, attendez qu'on vous commande.

LES BLANCS ET LES BLEUS.

Tout de suite. Donnez le signal ! Poussez le forward ! Marchez, marchez en avant.

M. THIERS.

Marchez, marchez... C'est bel et bon. Je ne m'y fie pas. Écoutez donc, je vous connais. Tout le monde connaît vos jarrets timides, votre dos fuyard, votre arrière-train, toujours resserré par la peur.

LA DROITE.

Oh ! oh !

M. THIERS.

Mettons relâché si vous voulez, au lieu de resserré.

LA DROITE.

Non, non !

M. THIERS.

Eh ! que diable, c'est l'un ou l'autre. Vous pourriez donc très-bien me compromettre et me laisser là ; on ne peut guère compter sur vous. Les rois en savent quelque chose, n'est-ce pas ? Ce n'est pas moi, vous entendez bien, que vous lancerez en sentinelle perdue.

Je veux bien faire des rois, je ne veux pas me battre

pour eux ; ce n'est pas là notre place ; on ne peut pas s'aller échauder comme des manants pour leurs majestés. C'est une vraie duperie.

Ne vendons pas la peau de l'ours ; il n'est pas encore par terre ; et vous n'êtes pas près de vous faire un manchon de sa peau, si vous perdez encore le temps à des disputes scholastiques sur l'assistance !

Vous vous amusez aux bagatelles de la porte. Vous perdez de vue les périls imminents de la situation. Je ne dois pas vous le dissimuler, messieurs, en ce moment nous dansons une vésuvienne.

Les factieux prétendent que la France en s'imposant pour son armée une charge nouvelle, directe et indirecte, de sept à huit cent millions, entend justement garantir ses frontières et assurer au dehors le légitime rayonnement de son influence libérale ; et que la garde nationale, composée de l'universalité des citoyens adultes, doit être seule chargée au dedans de surveiller le maintien de l'ordre et l'exécution des lois de la part de tous, tant de ceux qui commandent que de la part de ceux qui obéissent.

Cette définition arbitraire et factieuse est bien la plus absurde folie qu'on puisse imaginer.

L'armée doit être un lion en cage, qu'on lâche à propos sur les libertés publiques, pour en faire une prise à la gorge, les terrasser, surprendre et paralyser tous leurs mouvements, jusqu'à ce qu'elles ne remuent ni pied ni patte. L'armée est faite pour épuiser le pays, parce que plus le pays est pauvre, plus il est ignorant, et ces besoigneux du corps et de l'âme sont facilement gouvernés au bâton. C'est la forteresse des anciens abus, la tête de pont des nouveaux, la poignée de verges à fouetter le peuple souverain, le tomahawk des pouvoirs sauvages, la massue obligée, l'indispensable assommoir des gouvernements rétrogrades qui ne vivent qu'à deux conditions : *Avoir des soldats pour asservir la patrie et des représentants pour la vendre.*

Il est des axiomes généraux, dit Chateaubriand, qu'on met devant soi comme des gabions ; placé derrière ces abris, on tiraille de là sur les intelligences qui marchent. Bonne manière de se battre ainsi sans rien craindre. Pour premier gabion, je pose mon texte devant moi sur ses piquets : *La misère est la condition inévitable de l'homme dans le plan général des choses; la misère est d'institution divine; c'est un rouage nécessaire dans la mécanique suprême, sans la misère, l'œuvre de Dieu s'écroule.*

Voilà, j'espère, un axiome qui vaut bien un sac de terre. On ne craint rien derrière un pareil abri. La volonté céleste est un fameux panier farci d'où l'on tire sans danger sur les philanthropes et les réformateurs indiscrets; sur les aveugles ordonnateurs des choses, sur les correcteurs de la Providence. Ceci est une ruse de guerre que j'ai apprise des jésuites. On peut faire impunément toutes les méchancetés du monde, en prenant le ciel pour complice.

Renfermez-vous dans le ciel qui est imprenable. Ainsi l'on vient vous dire : Il existe beaucoup de mal sur la terre ! Vous répondez : Le ciel le veut ainsi.

— Non, non, c'est l'ignorance ou le mauvais vouloir des hommes qui est la seule cause du mal.

— Non, obéissons à la voix du ciel.

— Laissez-nous guérir le mal !

2.

— Le mal, c'est le bien, puisque le ciel l'a fait ainsi. Prenez-vous-en au ciel.

— Les hommes peuvent être heureux sur la terre.

— Vous êtes des impies : la terre est un lieu d'expiation.

— Vous désespérez le peuple ! Vous outragez Dieu !

— Le peuple ! Allons donc, multitude, bœuf stupide baisse la tête et trace l'éternel sillon de ta douleur. Est-ce que ton flanc ne doit pas saigner toujours sous l'aiguillon ? Est-ce que tu n'es pas fait pour l'abattoir ? Marche, marche, ton destin te conduit. Suis-le ; autrement, il te traînera. Mon Dieu est celui qui *reconnaît les siens*.

Je vous recommande cette méthode, messieurs, elle est bonne pour l'attaque et pour la défense ; elle dispense à la fois de cœur et d'esprit ; et j'avais besoin moi-même de vous en offrir un échantillon pour me mettre tout à fait à mon aise et prendre mes coudées franches au moment où je vais vous développer ma théorie de la bienfaisance, en poser la loi, en montrer la règle et déterminer les conditions entièrement nouvelles de son exercice, enfin en assigner le fond dans les vertus d'un catholicon sorti de mon officine.

Il suffit d'acheter des indulgences. Tout ce qu'on donne à l'Église est réputé acte de bienfaisance.

Ainsi, messieurs, ceux de vous qui ont sur la conscience des assassinats juridiques, des ordres impitoyables, des égorgements nationaux ou étrangers, des asphyxiements souterrains, des fusillades nocturnes, des transportations sans jugements et autres peccadilles ;

Ceux qui ont usurpé si longtemps les droits du peuple, et qu'ils ont tant de fois trahis ;

Ceux qui ont reçu des armes contre le despotisme, et qui les ont tournées contre la liberté ;

Les lâches mercenaires qui ont vendu leur pays, et qui veulent lui imposer un maître ;

Les magistrats irréprochables qui torturent la loi, corrompent la justice et en font la servante ludibriaire de la haine et de la force ;

Ceux qui ont eu l'audace et le succès du crime ;

Ceux qui ont prêté tant de serments sans en tenir aucun ;

Ceux enfin qui appellent sur la patrie les calamités de la guerre civile ;

Achetez, achetez des indulgences ! Votre purification sera méritoire ; le Pape, les cardinaux, les inquisiteurs ont besoin d'argent pour payer force sbires, force geôliers, force bourreaux.

Mais quelle niaiserie de ma part ! Dans ce te orgie du gaspillage, où nos millions, qui sont la sueur du peuple, et nos généreux soldats, qui sont sa chair, roulent pêle-mêle dans l'immonde panier des fureurs réactionnaires, il n'y en a pas un parmi vous qui donnerait seulement deux bayoques d'un cœur-pur, d'une conscience droite et d'une foi non feinte, comme dit saint Paul.

UN MINISTRE (*se cachant un peu*).

A la question !

M. THIERS.

Elle est abolie. (*Signé d'impatience de la part du ministre.*)

UN VOISIN.

Mais, Rouher, vous n'y entendez pas malice. Dans la pensée de M. Thiers, c'est la question de l'assistance qui est abolie ou en train de l'être.

M. ROUHER.

Ah! bon, bon, bon... j'y suis... C'est qu'il faut être
sérieux, voyez-vous.

LE MÊME AU MÊME.

Je ne connais rien de plus sérieux qu'un âne.

M. THIERS.

Messieurs, l'État, comme l'individu, peut être bienfai-
sant. Mais l'État doit être fort prudent. Quand on parle
d'améliorer le sort du peuple, on prend la question au
rebours. Ce que l'État doit se proposer d'abord, c'est de
maintenir l'obligation du travail pour tous (pour la canaille, s'entend; le repos est de droit pour nous autres),
afin de prévenir les vices de l'oisiveté, vices qui, chez la
multitude, deviennent facilement dangereux et même
atroces. Le peuple est naturellement dangereux, si vous
le laissez oisif; l'atrocité devient aussitôt son occupation.
L'atrocité est son élément; il est là dedans comme le
poisson dans l'eau. Que pouvez-vous attendre si ce n'est
des vices et des atrocités de la part de cette *multitude
égarée* (1). (*Regardant autour de lui, et à part :*) Nous ne
sommes pas à la Convention, ici. Il n'y a pas de brutal
comme ce Legendre qui assommait les orateurs. Personne ne viendra me serrer la gorge et me faire rentrer
dans le gosier mon insolence à moitié vomie... Bon! je
ne risque rien à risquer tout; suivons. (*Haut.*) Oui, que
pouvez-vous attendre ? si ce n'est l'atrocité même de la
part du peuple, de *cette vile multitude ?*

Vile, pour avoir brûlé l'échafaud;

Vile, pour avoir aboli la peine de mort;

Vile, pour avoir proclamé les plus saintes paroles qui

______

(1) THIERS, *de la Propriété.*

soient sorties de la bouche humaine : liberté, égalité, fraternité.

Vile, pour avoir fait grâce à ses ennemis vaincus;

Vile, pour avoir eu la magnanimité de croire à notre résistance, à nos protestations hypocrites, à nos mensonges officiels;

Vile, pour n'avoir pas cru à la trahison;

Vile, pour avoir été réduite à la famine, égorgée systématiquement, rejeté hors du droit commun, insultée jusque sur l'autel républicain, comme on insulte un âne jusqu'à la bride;

Vile, pour n'avoir pas réclamé d'autre droit, dans sa souveraineté, d'autre bien dans sa misère, que le travail dont elle nous fait vivre;

Vile en tout et partout.

Quoi donc? Est-ce qu'on n'en viendra jamais à bout de cette vile multitude?

A DROITE.

Voilà qui est parler!

A GAUCHE.

Oh! l'excellent homme! le bon petit cœur!...

A DROITE.

N'êtes-vous pas un peu sévère, monsieur le rapporteur?

M. THIERS.

Mais non; je suis bon enfant, au contraire. Mais je trouve la multitude violente, et je déteste la violence; les pauvres sont orgueilleux, ils veulent être admis à décider des questions politiques et je ne peux pas souffrir l'orgueil. Je suis même très-disposé à le corriger chez ces gens-là.

L'État s'attachera donc à maintenir, pour le peuple,

l'obligation d'un travail incessant, ingrat, sans aucun espoir de repos. Le mousquet au poing, le glaive sur sa cuisse, l'œil toujours ouvert, il gardera les avenues de la géhenne populaire, et n'abaissera jamais les ponts-levis, de peur que le bien-être n'y puisse entrer. Autrement, notre règne est fini.

Tout est à sa place dans ce monde, messieurs. Les honnêtes gens ont les dignités, la fortune, le commandement; ils s'y résignent; et sans se plaindre du lot qui leur est échu, ils s'y tiennent. Chacun chez soi, chacun pour soi.

Il y a deux races sur la terre : celle des maîtres, celle des esclaves. Nous appartenons à la première; sachons maintenir nos droits et nous en servir.

Vivons-nous de la même vie avec la race condamnée? Ne sommes-nous pas plus beaux et plus forts? Tant de fois terrassés, ne sommes-nous pas vainqueurs et d'autant plus implacables qu'on nous a épargnés plus souvent? Nous sommes la race des géants, les Nemrods modernes, les chasseurs d'hommes, nous sommes les privilégiés du ciel, les vases d'élection, la caste des complaisances divines.

Qu'avons-nous donc de commun avec la multitude? avec ces animaux mâles et femelles, qui vivent de pain noir, d'eau et de racines; qui défrayent de leur sang le plus vigoureux, de leur sang le plus jeune et le plus beau, la consommation des guerres entreprises par les princes, et la consommation de la débauche opulente; ils nous épargnent la peine de semer, de labourer et de recueillir; ils vivent, travaillent, souffrent et meurent à notre profit. Tel est le sort qui leur est marqué.

M. DE MONTALEMBERT.

Sicut erat in principio, et nunc et semper!

M. THIERS.

Tel était le sort de leurs pères, tel sera celui de leurs enfants. Qu'ils sachent s'en contenter! Ainsi, gratte la terre, vile multitude, gratte sans relâche, use tes ongles, brise tes reins, toujours parallèles à l'horizon.

Quant à cette seconde variété de la multitude, ces vagabonds des villes qui font tout le travail de l'industrie et qui n'ont d'autre étape que l'hôpital entre le travail et le cimetière; ces machines vivantes, aux rouages sans cesse dévorés par des frottements homicides et que le croque-mort ramasse chaque jour par tombereaux dans les caves infectes, dans les recoins obscurs, sous les voûtes humides, dans les galetas délabrés et les taudis malsains, qui pourra jamais fulminer contre elle un anathème assez écrasant? Ces malandrins de l'industrie sont encore plus redoutables que les paysans. C'est l'hydre vivace qui relève sans cesse contre nous sa nouvelle moisson de têtes enragées. Fer et feu! Que n'attaquons-nous le monstre par la ligne droite? Ma ligne droite à moi, c'est le canon de fusil. Rien de tel que cette règle pour régler notre compte avec les manants. Réglons-le plus tôt que plus tard.

Tels sont, à notre avis, les seuls principes vrais en fait d'assistance. Il faut assister les honnêtes gens, voilà tout; il faut nous assister nous-mêmes. Et puisque ces lâches ouvriers ne veulent pas se battre contre nous...

LE CITOYEN CH. LAGRANGE.

Nous ne voulons pas nous battre contre nos frères de l'armée, mais nous nous battrons pour leur cause et la nôtre contre vous, quand cela vous plaira. Descendez seuls dans la rue, messieurs les aristocrates, et nous n'avons pas besoin d'armes. Nous vous prendrons les vôtres. Voyons ! marchez.

M. THIERS.

Que non pas ! Souvenez-vous de cette parole : elle est grave. — Puisque ces ouvriers, dis-je, sont assez lâches pour ne pas vouloir se battre contre nous, je veux dire contre les deux cent mille soldats que nous pouvons réunir en un jour à Paris, légiférons de manière à les *refroidir* pacifiquement.

Glaçons, pétrifions sous une triple croûte de nullité, d'ignorance et de misère ces parias dont la liberté vivifie de sa torche l'argile insolente. Purgeons l'élément civique de cette lie impure qui bout dans nos cités, de ce sédiment social où couvent les feux sourds du patriotisme, levain mal endormi, toujours chargé d'agitations prochaines et qui n'attend que l'appel de la république en danger pour remonter à la surface en écume orageuse et sanglante. Alambiquons le suffrage universel. C'est facile.

Si nous avons une vocation naturelle, une tendance indélibérée, un projet longuement tripoté, un désir secret, une ambition avouée, une gloire possible, c'est bien évidemment d'être les fossoyeurs de la république. A la fosse donc, messieurs, à la fosse ! Je ne vous appelle point aux armes, je m'en garderais bien. A la fosse ! à la fosse ! guerriers de la pioche, taupes et lapins ! Creusons bien, creusons avec ardeur.

LA DROITE.

Bravo !

M. THIERS.

Creusons pour l'égalité !

LA DROITE.

Oui, oui !

M. THIERS.

Creusons pour la fraternité !

LA DROITE.

Vivat ! c'est-à-dire : **A** mort ! à mort !

M. THIERS.

Creusons pour y jeter la république, en gros ou en détail, la tête ou les pieds en avant, comme nous pourrons.

LA DROITE.

Creusons vite, vite, vite !

M. THIERS.

Bientôt le genre humain tout entier se mettra les poucettes, viendra nous chercher en grande procession, se rendre à merci, et nous crier : Miséricorde ! Nous lui répondrons : Misère et corde !

Mais soyons plutôt vainqueurs dès le début, s'il est possible. Nous sommes le gouvernement, nous sommes la Chambre ; l'armée, tant civile que militaire, est sous nos ordres ; le paysan ne voit pas clair, l'ouvrier tient à son pain du lendemain ; nous laisserons les autres se battre pour nous, et nous avons de bons chevaux. Courage donc ! Enfilons résolûment le pont d'Al-Sirach.

Si, pour un instant, je prêche une maxime édifiante, c'est avec la conviction de n'être pas pris au mot par la majorité de cette Chambre ; c'est, de ma part, une ruse, un dessein que j'ai formé par pure politique ; un stratagème utile, une grimace nécessaire où je veux me contraindre pour ménager les niais du dehors. Un mot vide, un désir menteur de progrès, murmuré en roulant des yeux, ou proclamé avec effronterie, il n'en faut pas

davantage pour abuser leur robuste crédulité : les voilà
tout d'abord empaillés à perpétuité dans l'adoration
béate de notre patriotisme. Ces gens-là donnent du premier coup dans le panneau et nous suivent, comme des
furieux, dans toutes nos exécutions martiales. Ils nous
voient fouler aux pieds le droit et les lois, incarcérer,
fusiller, déporter sans jugement, briser la souveraineté
du peuple, insulter, opprimer la nation et négocier avec
l'étranger leur propre esclavage. Au nom de l'ordre, de
la famille et de la propriété, ils nous voient bouleverser
l'ordre, la famille et la propriété : rien n'y fait. Ils n'en
croient plus leurs yeux. Ils nous prêtent leurs mains
pour toutes les œuvres de la réaction. Ils baisent nos
semelles fangeuses, ils lèchent nos empeignes sanglantes
et applaudissent à nos exploits, sans se douter seulement
du mal qu'on leur fait faire; nous placerions sous leur
tête un oreiller de crimes sans troubler un instant leur
sommeil du juste.

Voilà ce que c'est que d'avoir su les prendre à l'appât
de quelques phrases honnêtes, tendues en manière de
gluaux. Voilà le profit d'avoir écrit sur son chapeau :
C'est moi qui suis Guillot, le défenseur de l'ordre, de la
famille, de la propriété ! Le masque trompe tout le
monde; l'affaire est de se l'appliquer proprement.

PLUSIEURS VOIX.

Taisez-vous ! c'est une honte.

M. THIERS.

Il n'y a plus de honte maintenant à cela : l'hypocrisie
est un vice à la mode, et tous les vices passent pour
vertus. La profession d'hypocrite a de merveilleux avan-
tages !

La plus infaillible des justices est le résultat. Toujours

les mêmes vœux et les mêmes tentatives d'une part, toujours la même résistance et la même répression de l'autre. On a bien prouvé aux agitateurs qu'ils avaient tort, puisqu'ils ont été cuits, empoisonnés, noyés, décapités, ou sont morts en l'air, soit à l'antique, soit à la moderne, sur un bûcher, un gibet, un échafaud, une place publique, dans un cachot, sur un ponton.

Fondés sur le constant exemple des siècles, il faut bien croire, messieurs, que les honnêtes gens qui ont toujours égorgé les hommes du progrès ont agi conformément aux vrais principes ; que tous ces droits du peuple sont une chimère et un mensonge ; que le droit de vivre en travaillant est une monstruosité, et qu'il faut purger la société de ceux qui propagent cette doctrine dangereuse, immorale, impie, inique, indigne d'un pays libre et civilisé.

Vous voulez du travail? Vous n'en aurez pas. Pourquoi faites-vous des révolutions ?

Des caisses de retraite? Il ne fallait pas faire des révolutions.

De l'instruction ? Il ne fallait pas faire des révolutions.

Qu'est-ce que vous y avez gagné ! imbéciles ? Changer de gouvernement, ce n'est pas changer de route, c'est changer de fouet !

Qu'on ne dise pas que l'État ne fait rien. L'État veille sur vous. Il vous conduira de l'étable des ignorantins à la maison de correction, et de la maison de correction au bagne ; il vous conduira du ruisseau à l'hôpital, et de l'hôpital à la fosse commune ; l'atelier ne figure pas au nombre des stations. Si vous deveniez intelligent malgré lui, il vous conduira, même à ses frais, jusqu'à Nouka-Hiva.

Si les brutes qui ne peuvent faillir sont si profondément pénétrées de leur droit, nous, propriétaires de première classe, nous, loups de mer au premier chef, nous, lions, bipèdes, qui savons penser, lire, écrire, compter et chanter au lutrin, proclamons donc une bonne fois pour toutes, que nous défendrons *unguibus et rostro* notre arrondissement de carnage où nous prétendons dévorer à notre aise, puisque nous sommes gouvernés par l'instinct non moins que l'animal, *veluti pecora*, dit Salluste, puisque nous sommes les *carnassiers sociaux*.

C'est l'effet de la civilisation. Ainsi le veut la loterie en vertu de laquelle tout homme n'a rien en naissant, et arrive *nu sur la terre nue*, excepté ceux qui naissent avec un château comme un limaçon avec sa coquille. Ainsi le veut la justice distributive, en vertu de laquelle les hommes, en venant au monde, apportent l'obligation de tout créer par le travail, excepté ceux qui trouvent tout créé pour eux par le travail des autres. *E sempre bene.*

LA MAJORITÉ.

A bas le droit au travail !

M. THIERS.

Flétrissons, réprouvons, condamnons ce droit-là.

LA MAJORITÉ.

Oui, flétrissons ! déportons !

M. THIERS.

Faisons une république entourée d'institutions monarchiennes ! Mais si bien entourée... qu'on n'ait jamais affaire qu'à son entourage... entourée de gouvernants comme le cerf aux abois est entouré de chiens...

DE TOUTES PARTS.

Mais c'est fait, c'est fait !

A DROITE.

Tirez donc le couteau de chasse.

M. THIERS.

Baroche, avez-vous fait ce que je vous ai dit? Avez-vous mis les menottes à Proudhon?

M. BAROCHE.

Pas encore.

M. THIERS.

Gros négligent, va. Je mettrai Léon à votre place.

M. FAUCHER.

Très-bien!

M. THIERS.

Comment! très-bien. Vous ne vous gênez pas! Le droit d'applaudir suppose celui de désapprouver. On ne vous permet que le respect silencieux dans l'obéissance. Voilà.

L'autre jour, cueillant l'oseille, je vous disais que la république est la forme de gouvernement qui nous divise le moins. Ce n'est pas vrai, c'est celle qui montre le plus combien nous sommes divisés. Je vais vous le faire voir. Jetons d'abord un simple coup d'œil sur la droite, ainsi nommée parce qu'elle ne connaît pas sa gauche. La droite est un monde dont les atomes déclinent visiblement. Voilà pour la synthèse. Nous allons maintenant passer à l'analyse et faire l'autopsie de notre grand parti de l'ordre. J'aurai le scalpel léger.

D'abord les fossiles du genre, les crustacés, les momies, les têtes à l'oiseau royal, les marsupiaux du moyen âge, les somnambules rêvant vassaux, vavassaux et vilains, rapetasseurs de vieilles savates féodales, revendeurs de vieux regrets moisis, soupirant après le retour des cocquecigrues. — Va-t'en voir s'ils viennent!

Puis les hypocrites, les sépulcres blanchis, la race des vipères, les chauves-souris, les chattemites, cafards, papimanes et capucingaux, hommes-bâtons, l'état-major des futés et le troupeau des béjaunes ;

D'abondant, les fétichistes, les attendris, les miraculeux, les porte-coton, les veuves du Malabar en culotte, les âmes en peine qui veulent repasser en sens contraire la barque à Caron, les Ixions de la royauté, les Guèbres qui soufflent la cendre de leurs souvenirs et tisonnent leurs dogmes éteints. — Les pompiers peuvent dormir tranquille, on ne criera pas au feu !

Par contre, les récidivistes de la branche cadette, les Brésiliens qui vivent au cabestan, les Mecklempurcheois, l'école des coupes sombres, des dotations, successions, douaires, provisions, pensions, etc.

Dans ce coin, les acéphales, les amorphes, les bichambriers et les bivalves, les antichambriens et les antipodes, les Basiles, les Tartuffes, les bistournés, les vessies qui ne sont pas des lanternes ;

Ici près, les niais, les surpris, les escamotés, les Robinsons du naufrage monarchique, les éclopés de la révolution, les dénichés, je veux dire les burgraves, les pèlerins sans terre sainte, les importants sans importance, les Cicérons sans Catilinas ;

Les morts et les amphibies, les intraduisibles du Poitou, les palefreniers d'Augias. Les Sanchos qui brûlent de se faire armer chevaliers par un aubergiste quelconque dans n'importe quelle hôtellerie, les séides d'écritoire, les aides de camp militaires d'un magistrat civil, les croquemitaines de tabatières, les ogres du mardi-gras qui vont subhaster la France dans les casernes comme une friperie à l'encan ;

Les remouleurs de hallebardes consulaires et autres ferrailleurs impérialistes qui font leurs dévotions à sainte Épée, sans se douter, les malheureux, de l'existence de saint *Manche-à-Balai*.

Il me faudrait ma baguette pour vous montrer ces arlequins tragiques, ces Trestaillons législatifs, ces Judas du peuple, chats du logis royal, Blondels inféodés à la pitance, très-accommodants, du reste, sur le nom du trône ou du fauteuil, et regardant peu à la personne, roi ou président, peu importe.

Tout ce monde-là encaisse à part son biscuit, s'oriente à sa manière, part de son méridien, suit sa boussole, le tout par raison et mystère d'utilité personnelle, sans autre discrétion. Tous s'embrigadent en bataillons, se groupent en compagnies franches, se détachent en partisans, chacun selon la phthisie de sa cassette, l'embonpoint de ses espérances, ou les arrhes donnés à son ambition ; chacun selon son idiosyncrasie politique,

Selon son virus congénial,

Selon son goître légitimiste,

Selon son cadavérisme jésuitique,

Selon son acarus royaliste,

Selon son cou pelé par tel ou tel collier,

Selon sa morve henriquinquiste,

Ou son farcin orléanien.

Nous nous suspectons mutuellement ; la méfiance est bien permise. Nous avons peur d'être bridés les uns par les autres ; chacun de nous veut le mors qui convient le mieux à sa bouche. Chauvins, légitimistes, orléanistes, vous êtes tous des planches pourries. Plus souvent que je vais laisser mon pied là-dessus !...

LA DROITE.

Mais il n'y a pas de danger !

M. THIERS.

Je vous abandonne à votre mauvaise Constitution, à votre corruption administrative, à la stérilité de vos conceptions, à la platitude de vos actes, au ridicule de vos orateurs, à la nausée de la France, à la malédiction de vos victimes, au talon vengeur qui doit écraser la tête du serpent !

LA GAUCHE.

C'est fort bien fait.

M. THIERS.

Et je veux qu'avant qu'il soit trois mois, vous deveniez dans un état incurable.

LA DROITE.

Ah ! miséricorde !

M. THIERS.

Que vous tombiez de majorité en minorité.

LA DROITE.

Monsieur Thiers !

M. THIERS.

De minorité en tutelle et de tutelle en interdiction...

LA DROITE.

Monsieur Thiers !

M. THIERS.

De la Louisblancie dans la Gambétamanie.

LA DROITE.

Monsieur Thiers !

M. THIERS.

De la Gambétamanie dans la Proudhonie.

LA DROITE.

Monsieur Thiers !

M. THIERS.

De la Proudhonie dans la Cabétie.

LA DROITE.

Monsieur Thiers !

M. THIERS.

De la Cabétie dans la Jésus-Christie, qui est le dernier terme où vous aura conduit votre coccinophobie.

LA DROITE.

Ah ! mon Dieu ! nous sommes morts !

M. THIERS.

Je me retire. Je donne ma démission.

LA DROITE.

Mais c'est une trahison.

M. THIERS.

Hein ?

LA DROITE.

Vous trahissez tout le monde.

M. THIERS.

Tout doux ! Je ne trahis personne, car je ne sers personne. En toute affaire, je me sers moi-même. Tout compté, j'ai envie de vous abandonner à votre malheureux sort. Vous vous arrangerez ensuite comme vous pourrez. Je rentrerai dans ma tombe. Et que ferez-vous sans cheval de bois ?

LA DROITE.

Oh ! monsieur Thiers, monsieur Thiers, restez-nous, restez avec nous, quand on est si bien ensemble on ne doit jamais se quitter. Grand homme ! homme étonnant ! qui vous remplacerait ? Où trouverons-nous la monnaie de Machaon — Thessandrus — Sthénélus — Ulysse — Athamas — Thoas — Neptolème — Ménélas — Épéus —Adolphe Ier ! Calmez, monsieur Thiers, calmez votre grave estomac! Nous serons bien obéissants, ne nous abandonnez pas.

M. THIERS.

Ingrats! ne voyez-vous pas que je plaisante? C'est bien mal à vous de me prendre au mot. Que ferais-je tout seul, et sans affaires publiques à fricoter? non, je veux rester à votre tête, *pecoris custos*. Je me gourme un peu, mais aussi pourquoi prenez-vous avec moi des airs de noble faubourg? Parole d'honneur, c'est ridicule!

Je suis l'homme fort, l'homme ramassé, sphérique, tout en soi, lisse, sans atomes crochus, l'homme boule de billards. A frapper sur moi, le sort se casserait le bras; à vouloir m'écraser, il se luxerait le talon. Je suis, parce que je suis et tel que je suis. Et dans le fromage de Hollande où j'ai logé ma philosophie, je puis attendre les événements sans les désirer ni les craindre. Ils ne peuvent être pour moi ni heureux, ni funestes. Je suis baron à diplôme, et la légitimité triomphante ne ferait jamais de moi un gentilhomme, sinon à la façon de M. Jourdain; le peuple m'a fait représentant, il n'a pu faire de moi un citoyen; la famille d'Orléans verra toujours en moi un patron de mauvais augure, et je ne serai jamais pour elle qu'un synonyme de Guizot. En outre, je ne suis disposé que tout juste à crier : *Vive le roi!* qui ne veut pas de moi, et à relever une dynastie qui a eu la sottise de me lâcher trop tôt et de me reprendre trop tard. Tout cela d'ailleurs est abattu, et vous savez que je ne professe pas le culte des débris. L'Élysée seul est debout *ad honores;* mais je suis plus président que lui *ad valorem,* sans petit chapeau, ni redingote grise; vous voyez que je ne me déguise pas!

En tout ceci, je ne crois pas m'être écarté considé-

rablement du veau. Mais forçons de chaleur et alimentons
le fourneau. A côté du droit au travail, jetons dans le
brasier les institutions populaires, le crédit industriel,
le crédit foncier, comme furent jetés autrefois dans la
fournaise Ananias, Misaël et Azarias. Nous verrons quel
Dieu viendra les retirer, et en quel état !

Messieurs, en terminant, un mot de mon histoire. La
révolution de 1830 s'est presque faite pour moi. Aussitôt
grimpé sur ses épaules, j'ai craché dessus : je me suis
fait monarchiste, aristocrate, souteneur de priviléges,
donneur et exécuteur d'ordres impitoyables. En peu
d'années, j'ai eu l'honneur et le bonheur d'attacher mon
nom à l'état de siége de Paris, aux mitraillades de Lyon,
aux magnifiques exploits de la rue Transnonain, aux dé-
portations du Mont Saint-Michel ; aux lois contre les asso-
ciations, les crieurs publics, la cour d'assises et les jour-
naux ; à tout ce qui a faussé le jury, à tout ce qui a décimé
les patriotes, à tout ce qui a dissous les gardes nationales,
à tout ce qui a démoralisé la nation ; à tout ce qui a
traîné dans la boue la généreuse et pure révolution de
juillet.

Depuis 1848, vous le savez, je n'ai jamais démérité de
mes anciens travaux. J'ai discipliné autour de moi tout
ce qui est servile par désir de domination. De la parole
et de la plume, autant que je l'ai pu, j'ai perverti les
idées, faussé les consciences, effacé de toutes les âmes
les sentiments nobles et généreux. J'ai fait de la politique
une école d'effronterie qui enseigne aux fonctionnaires et
aux magistrats que le mépris de leurs devoirs et la haine
de la loi constitutionnelle sont comptés pour du zèle et du
dévouement à l'autorité ; qui enseigne à l'armée et à ses
chefs les plus intrépides qu'ils doivent mettre toute leur

gloire, non plus à défendre la patrie et la liberté, mais à souiller l'honneur du drapeau, comme de vils prétoriens, à devenir esclaves les armes à la main, et pour porter plus facilement la honte, à donner nn maître à leur pays. En un mot, j'ai fondé le gouvernement des Burgraves; passant à nouveau avec les moines notre ancien marché réduit à une seule clause : *Mixtum et merum imperium, et homines servos,* l'autorité absolue en partie double, et les hommes esclaves du corps et de l'âme, tous les jours je fais la France assez petite pour pouvoir bientôt la couper en deux parts, dont l'une sera facilement étouffée sous un capuchon de moine, l'autre sous un casque de soldat. Sans me flatter, je suis l'homme qui a fait le plus de mal à sa nation!...

Nous arrêtons ici les extraits de *Rien, rien, rien,* qui suffiront, croyons-nous, à donner au lecteur une idée suffisante de la méthode critique de M. O'ddoul, satirisant les idées, faits et gestes politiques de M. Thiers, président de la troisième République française sans républicains!

Bruxelles. — Imp. de Ch. Vanderauwera rue de la Sablonnière, 8